DÉPÔT LÉGAL
Eure
n° 14
8
3978
Conserver la couverture

FRANCIS VIELÉ-GRIFFIN

LES CYGNES

NOUVEAUX POÈMES

(1890-91)

AF474344

PARIS
LÉON VANIER, LIBRAIRE-ÉDITEUR
19, QUAI SAINT-MICHEL, 19

1892

Tous droits réservés.

138

LES CYGNES

8° Ye
3078

DU MÊME AUTEUR

CUEILLE D'AVRIL, premiers vers.

LES CYGNES, poésies (1885-86).

ANCÆUS, poème dramatique (1885-87).

JOIES, poèmes (1888-89).

EN PRÉPARATION

PREMIERS ESSAIS DRAMATIQUES.

FRANCIS VIELÉ-GRIFFIN

LES CYGNES

NOUVEAUX POÈMES

(1890-91)

PARIS
LÉON VANIER, LIBRAIRE-ÉDITEUR
19, QUAI SAINT-MICHEL, 19

—

1892

Tous droits réservés.

Te souvient-il du jour d'hier avec sa face
De sourires, et ses pleurs aux joues,
Et toutes les roseurs matinales ?
Alors, tressant des fleurs, qu'en guirlandes tu noues,
Nous chantions nos aubades triomphales ;
Alors, vers l'empyrée aux vertiges bravés,
Nous suivions de nos yeux vers l'avenir levés
Le vol éblouissant des cygnes !...

Voici, ce soir, les vignes
Lourdes de la vendange des demains :
En étendant la main
— Tes blanches mains sont dignes,
Tes mains seront mes mains —
On cueille, de-çà de-là, des grappes telles
Qu'un seul cep promet un quarteau
Et que le vin de tout un mois pèse au linteau ;
Que l'ombre du vieux porche ami des hirondelles
Est faite de l'ivresse des heures nouvelles;
Et le vignoble croît de coteau en coteau...

J'ai rêvé, tantôt, à tes pieds couché :
Nous marchions en les fanes, par le pré fauché,
C'est la nuit, et, sur nous, vers les étoiles
Passait un vol de cygnes aux blanches voiles.
Et l'un au col enrubanné
D'une moire que nul soleil n'a pu faner ;
Et celui-là qui porte un diadème
Promis en vain au plus doux des poèmes ;
L'autre tenait la fleur qui jamais ne s'effeuille,
Que nul ne cueille ;
Ils passaient vers le Nord, majestueux et calmes,
Glorieux avec un écho dans leurs pennes
— D'un lent rythme de rames,
De quelque vent du soir parmi des palmes,
De voix anciennes.

Nous les suivions d'auprès d'un peuplier
Jaseur importun aux voix de millier...

L'un d'eux ouvrant son envergure sur la nuit
— Fleur de douleur épanouie —
Apparut crucifié,
Ses ailes frémissant du suprême désastre

En un cri de désir déifié,
Et fut un astre!

Voici la moire que rien ne fane,
Qui flottait, que j'ai prise au vol;
Et voici mon cœur diaphane
Pour t'en faire un clair pent-à-col.

L'autre vint choir en tournoyant
Jusqu'entre les grands lis courbés;
Et je pleurais en le voyant
Comme on pleure les espoirs tombés;
Le diadème vint couronner
Un sommeil empourpré de roses;
Je l'ai pris pour te le donner
D'entre les épines — Douce tête! —
Car tu m'étais belle sur toutes choses:
Et le voilà, le diadème
Que ne mérita nul poète,
O toi, le plus doux des poèmes.

Mais l'autre, avec la fleur épanouie
Qui flottait devant lui,
Chanta sur nous jusque dans l'aurore éblouie

Le chant que tous entendent dans leur rêve
De nuit, en nuit,
Et quand vint le soleil, hors la mer, vers la grève
Ouvrant grandes ses ailes au baiser vermeil
Il s'engloutit, avec la fleur, dans le soleil...

Voici, les yeux baissés, je marche et songe et t'aime;
La moire impolluée est tienne en droit d'amour
Et la couronne est tienne encore, pour maint jour;
Mais la Fleur de Joie interdite est suprême,

Et c'est d'elle que parlent ces poèmes.

L'ÉTAPE

L'ÉTAPE

« Je suis bon à tous. »
JULES LAFORGUE

ARRÊTE-toi,
Ecoute-moi, mon frère qui passes;
Tais-toi :
Je sais notre âme tendre et lasse,
Que tu marchais sans regarder, ni voir,
Vers quelque espoir
Ancien et cher — ou jeune, à peine aimé,
Comme un rire entrevu qu'on suit, moqueur,
Ou comme un long regard perdu qu'on va cherchant,
Marchant,
Marchant — d'octobre en mai;
Je sais ton cœur, mon cœur.

Vois; pense avec mes paroles choisies ;
Malgré le lourd flux de ton sang
Qui bat ta tempe flots sur flots,
Rêve en mes paroles choisies :
Avec ton gai sifflet par les genêts
Et tout le blond soleil éblouissant
— Si bien que tu marchais les yeux mi-clos
Sur la route qui te menait —
Tu n'étais joyeux que de quelque espoir?

C'est d'elle? avec un baiser à cueillir?
Je sais ton cœur — on n'est pas gai à moins;
Vers son baiser qui sait vieillir
Marche, ivre, donc, au long des jeunes foins :
On n'est pas ivre à moins.

Si ce n'est d'elle — assieds-toi; tu es triste :
Hors celle-là, il n'est pas d'autres joies;
La vie est grave et la mort est sinistre :
Avec son envergure au vol démesuré,
Son ombre sur la vie est d'un oiseau de proie.

Certes, tu n'auras pas désespéré :
Serrant ta volonté autour de toi

— Comme on serre un manteau trempé de pluies —
Tu marches droit,
Tu te sais immortel et tu défies
Le temps que tu sais leurre.
Mais tu as peur de mourir, même une heure
— Une heure!... tu le vois bien, l'heure t'étreint,
Mon frère humain.

Tu es triste;
Tout souvenir est un tombeau sans Christ,
La route qui t'a mené jusqu'ici
D'un vieux souci vers un jeune souci
— Si tu te retournais, la main au front,
Ainsi que celui qui regarde au loin,
Ainsi que font
Aux portes des tombeaux les hauts veilleurs de marbre —
La route est toute de croix bordée.
Et d'arbre en arbre...
Ton bel amour, ta jeune idée!

Si bien que tout rire d'un sanglot se fausse
Et que ton cher espoir se fait atroce.

O crois-moi qui me souviens de demain :
La haute joie est douloureuse et telle
Qu'en sa douleur l'âme exulte immortelle,
Pleurer est doux par-dessus toutes choses;
Assieds-toi près de moi;
Quand j'ai pleuré la tête entre les mains
J'ai vu, entre mes doigts, ce lent jour gris tout rose :
Alors, mon âme eut foi.

Et toi, ma sœur qui passes,
Je te sais triste aussi, bien que tu fasses,
Bien que tu pares de gaîtés l'inquiétude,
Bien que tu traînes aux cailloux, fleurdelysés,
Les pans altiers de ta robe de prude,
Ou, bien que tes lèvres soient pleines de baisers
Que ta main prend et lance — ainsi qu'une pauvresse
Qui, pour se croire riche, vide à poignées
Aux autres mendiants sa sébile d'aumône;
Ton âme est en détresse,
Fille de l'homme.

Hors ta petite fièvre
Jolie au gré du désir, ton miroir,

Que sais-tu de ta grâce? Si, même, elle est?
La tristesse t'a fait signe chaque soir
Montrant la vie, aussi, et ce qu'elle valait,
Si bien qu'en tremble un peu ta pauvre lèvre
Et que ton long regard s'en est voilé.

Assieds-toi là, ma sœur, et pleure :
Pleurer est beau par-dessus toutes choses;
Il n'est qu'une heure, elle demeure
Eternelle en métamorphoses :
L'heure de pitié sainte et d'amour surhumain
Qui pleure jusqu'à sourire .. enfin.

LE GUÉ

2.

LE GUÉ

> « *Un étrange suicide* Une jeune fille, s'étant vêtue de blanc, s'est avancée délibérément dans la mer, où elle s'est noyée. Son corps a été rejeté par les vagues »
>
> FAITS DIVERS

« LÀ-bas ;
Tout rêve vit d'éternité,
Tout songe ailé aux rameaux chante
Dans le printemps,
Là-bas ;
Une heure, toujours même, claire ou lente
De même joie nouvelle en sa gaîté,
D'amour dont on ne pleure pas,
De blancs baisers d'idylles
Tombés de l'aile des archanges souriants ;
Ce sont des îles,

Là-bas,
Avec des arbres-fleurs épanouis
Dans le printemps :
Les Saintes que les mauvais ont tuées;
Et Dieu qui passe en appelant ses vierges
Vers les doux parvis éblouis
Où les étoiles sont des cierges
En la dentelle des nuées...

Elle est dans le printemps
Là-bas,
Ma mère — et l'autre sœur que je n'ai pas connue —
Qui cueillent des bouquets de blancs lilas,
— Ainsi que nous faisions — dans le soir clair —
L'autre printemps, —
Et guettent ma venue
En regardant la mer;

Car Christ m'a dit qu'il est bon de mourir,
Ce doux matin ensoleillé
Qu'il vint vers moi dans son ciboire ailé
Me consoler d'amour, et me guérir :
Je l'ai vu rayonner vers ma lèvre

En un baiser de fiançailles,
De par delà le chœur et les murailles
Et jusqu'en mon corps révélé
Je l'ai bien entendu qui m'appelait.

Des nuits, j'ai prié jusque dans l'aube blanche ;
Et quand, en relevant la tête,
Je voyais pâlir la croisée,
Tout mon espoir était en fête
Et, dans mon âme osée
Pleine d'impatient amour,
Je songeais : C'est, peut-être, Lui
Qui vient, qui luit,
Voici mon tour, voici l'escorte !...
J'écoutais, les yeux clos, jusqu'au grand jour ;
Doutant qu'Il m'ait pu laisser là dans sa bonté,
Que je ne sois pas morte
Et prise en son baiser d'éternité.

Le jour venait, revenait, toujours même ;
Et l'autre femme avec son âme dure,
Avec sa parole hautaine

(Si douce pour sourire à mon père parjure)
Qui disait, en passant : La folle !

Et quand j'en pleurais, loin, dans le jardin
— Où nous avions cueilli les lilas blancs,
L'autre printemps
En regardant la mer
Si bleue et claire
Sous le matin —
Songeant à tout ce qui n'est plus,
A tout ce qui sera, là-bas,
On me cherchait avec des cris intrus
— Mon père inquiet et l'autre qui feignait — ;
Mon cœur saignait
Et je ne leur répondais pas.

Alors, ce furent fêtes et bals,
Des fleurs qu'on jette, des carnavals,
Des soirs sans nombre
Avec le rôle qu'il faut qu'on joue ;
Un soir, au parc, où je pleurais dans l'ombre
De tout cela,
Le vil baiser vint m'effleurer la joue ;

Et la surprise et leurs grands rires,
La promesse et les fiançailles
Et leur gala.
Les jours mauvais et les soirs pires ;
La chair avec ses représailles ;
Tout cet amour qu'on prône et vante,
Tout cet amour qui m'épouvante
Vient murmurant, au soir, d'étranges mots
Dont je pleure et me tords les mains et que j'ai fui,
Tout cet amour de parole savante.
Et le mystère de sa nuit
Et de ses mots...

Voici le jour du mariage
— N'est-ce pas que la cloche sonne
Comme pour les dimanches ? —
Tout hier je fus gaie — ils disaient, sage ;
J'ai cueilli les lilas avec des roses blanches
Jusqu'en le crépuscule clair
En regardant la mer ;
Tous riaient, même l'autre me fut bonne.
— N'est-ce pas que la cloche sonne ?...

Mon père m'a parlé, presque attendri, je crois :
Tu vas t'en aller, disait-il, très loin de nous,
Et vivre heureuse avec le mari de ton choix
— Et je lui répondis toute joyeuse :
Je m'en irai demain avec l'Epoux.

Voici le jour des épousailles !
Voici ma robe blanche et mon âme sans tache,
Voici la fin de toutes mes batailles
Dont je suis lasse, où je fus lâche ;
Voici tes blancs lilas, mère, et tes roses blanches,
Et voici pâlir l'aube
— Calme comme un dimanche —
Voici l'aube
Et voici la mer calme et bleue
Qui va vers Dieu...

Vois, on fait signe ?...
Ma mère, à moi, m'attend là-bas
Pour donner à l'Epoux mon âme indigne,
Mon amour fatigué
De sa prière,
Mon désir las,

Mon cœur de peu...
Oh ! me voici venir, ma mère,
Et toi, Doux Seigneur Dieu,
Voici le gué......... »

Elle marche vers la mer.

AU SEUIL

AU SEUIL

. Au seuil du monde, où — comme Ulysse Polytlas, aux confins du Gades extrême de son voyage, le regard perdu aux lointains crépusculaires du désert d'au delà — tout homme voit l'ombre de sa mere, pale, vaine. .

CARLYLE.

De cette heure-ci, vers celle-là, il n'est
Il n'est qu'un pauvre instant — le seul! — le dernier-né;
Peut-être, en fixant ma cécité
Sur la nuit qui vient ou le jour qui point,
(Tel d'une barque on voit venir la côte au loin)
Verrai-je venir l'Eternité...

Il est bon de vivre la pauvre vie,
Le beau bleu fleuve où le cœur dévie;

Il est bon de marcher à travers prés
Quand la route reprise en fut deux fois lasse;
Je vois qu'il est bon de vivre la belle vie :
C'est comme un amour dont la flamme est basse,
Qui meure, et l'on rit — mais on pleure après.

Je pense aussi que le soleil fut tel
Au cours de ce vain jour doux et mortel,
Au long de ces juins, par les prés et les rives,
Par les clairs coteaux, par le val brumeux
(Rouge, et rose aux pavots, et bleu pâle, et doré!)
Qu'il n'est pas de plus belle gloire pour mes yeux,
Qu'il n'est pas de plus doux rayon ignoré
— Et la voix des feuilles et les voix en elles,
Je ne sais pas de musiques plus belles.

Il vient un regret de tout cela;
N'aurait-on pu vivre selon la Vie?
N'aurait-on pu, selon d'autres lois
(Qu'elle sait, sans doute, et qu'elle nous eût dites,
Si nous avions foi)
L'aimer *autrement* et selon son cœur
Et selon le secret de sa rumeur
De rires, d'amours, de maternité

Et s'en faire aimer, tout un long été,
Et vivre de son immortalité?...

On m'a pris à elle, avec des mots
Sonnant faux dans l'aube — il me souvient :
Les hauts blés verts, les blés nouveaux
— Forêt d'enfance — et leurs bluets;
Je ne sais de plus doux rêve que le mien :
La route tiède et douce au pied nu,
Le merle fraternel surpris,
Et le grand ciel clair au-dessus des épis,
La source où le regard émerveillé s'est vu
— On m'en fit un péché, de mon univers,
Devant le livre ouvert.

Le voici, là, ouvert, encore, et je l'ai fait,
Plus doux que tous ceux-là n'en lurent, n'en rêvèrent,
Plus douloureux et saint, plus chaste et tendre
Que leurs chants de trouvères,
Que leur plus beau poème merveilleux :
Avec mon cœur, avec mon âme, avec ma chair,
Avec mes yeux,
J'ai fait mon beau livre de vie — ardent et clair...

Mourir? Je n'ai pas peur de l'ombre
— La douce ombre qui suit
Sous la lune de nuit,
Sous le grand soleil radieux;
Souvent, enfant, j'ai fermé les deux yeux
Pour voir la nuit;
Et quand, pleurant d'amour (on pleure d'aimer)
J'ai désiré mourir de son baiser,
C'était ma joie, et c'était tout son cœur;
— Ce soir, j'ai peur...
Non. c'est comme un regret, plutôt;
Nous sommes morts cent fois — hier, tantôt —
Avec nos heures de tous âges
Et celle-ci, est-elle étrange?
Ne dirons-nous, *demain*, ce soir?
Et comme hier — et avec plus d'espoir?
Ne sommes-nous morts cent fois :
Où est l'enfant rêveur qu'on nous conta?
Où tous nos soirs? où nos baisers, nos désirs d'Elle?
— Ah! vraiment, tout est vain, la mort est belle!...

Si j'avais vécu... mais laissons ces choses;
Peut-être qu'en fixant les yeux sur cette nuit

(Ou vers ce jour dont mes paupières sont roses),
Peut-être qu'en fermant les yeux *pour voir la nuit*
Je pourrai voir venir l'Eternité...

Voici!
Je vois... je vois le passé, ô si pâle,
Si lointain — Suis-je mort pour voir ainsi? —
Je vois, comme au travers d'un soupirail :
Le ciel bleu sombre
Et par la route grise
Une ombre...
Non! voici que tout s'irise :
L'horizon tourne; un lac sort de la brume;
L'aube! l'aurore, le matin triomphant,
Et la brise qui jase avec sa voix d'enfant...

Vois-tu?...
Voyez comme le soleil est prodigue :
Il n'est pas un brin d'herbe qu'il n'ait vêtu;
Laissez-moi voir; quelle heure est-il?
— Qu'est-il mon cœur qui te fatigue :
Le grand doux jour s'éploie!
Mon cœur, mon cœur, mon cœur, ton bel avril!
Mon cœur, ta joie!...

Je suis comme étourdi, l'horizon vire
Aux zigzags d'un sentier sous des sapins
Qui pleurent — c'était ainsi, ces longs matins
Où je guettais le mot qu'ils voulaient dire —
Et, par delà le vieux glacier,
C'est le sentier —
Je fus de tout cela, ces choses et moi,
Nous avons souri de longs jours ensemble...

Les plaines;
Les voix aux trembles;
Le clos des chênes;
Les chaumes, les troupeaux, le fleuve;
Et l'ombre bleue et l'herbe neuve;
— Laissez-moi dormir en cette ombre,
Je suis très las — le vent aux roseaux cause;
Pourquoi me rejeter de toute chose?
Et pourquoi m'emmener comme un enfant...

Par là?...
La route grise encor, le ciel bleu sombre;
Le jour meurt, ah! voici passer une ombre,
La tienne, Mère... Maman!

Je suis très las;
Pourquoi la nuit, pourquoi la fin, pourquoi
Ce fol amoūr en moi
De ton sourire, jeune, tout là-bas,
Pâle, vain, en ma mémoire de ton été
— Qui passe, loin de moi... Comme l'éternité...

LE PORCHER

LE PORCHER

Ici, parmi les chênes,
L'ombre est un miroir étrange
De rêveries
Et toutes les fleurs sont telles qu'elles vivent
De vieilles vies
Pensives ;
Et quand je songe, en regardant les plaines,
Là-bas, qui roulent par delà les branches, basses
Comme une frange,
Il passe des cortèges d'heures oubliées
— Ou presque — car voici que je suis vieux :
Elles passent
Vers les collines ensoleillées,
Comme en chantant,
Comme des filles et des jouvenceaux,

Et je ferme les yeux;
D'ici, parmi les troncs
Verdis de mousse douce étrangement,
Debout, je suis le gai jeu des rayons
Aux dos noirs de mes pourceaux
Fouillant en bas, parmi les feuilles mortes,
De telles sortes
Que, souvent,
Je dois sourire, je crois,
En songeant que je fus un autre en l'autrefois.

Avant le soir où je m'en fus par les chemins
— Le cœur battant plus haut que le galop du bai —
Mon père était dur et lâche et courbé
Sous le jeune joug que lui faisaient les mains
De l'autre qu'il mena quand ma mère fut morte :
Je pris ma part heurtant derrière moi sa porte
Et galopai dans la nuit vers la Vie et la porte
Sonnait de son heurt en mon cœur qui battait
Comme un galop d'escorte.

Des voix,
Aussi,
Me viennent de là-bas,

Ou passent, chuchoteuses, parmi les feuilles :
L'autrefois,
Nous avions erré toute la nuit
De seuils en écueils
Moi, semeur d'or, et ceux-ci,
Couples de joie et de bruit,
Vers la liesse des feuilles;
Seul, j'étais seul, malgré qu'à mes deux bras
Pesait — à peine — un rire de tendresse
Et frissonnait, à mes genoux, leur robe:
Las, nous vînmes vers l'orée, à l'aube :
Derrière nous, la ville hors la brume émerge
Et s'éploie en dômes d'or
Et se dresse
En minarets de feu
Ou tombe, de terrasse en terrasse,
Vers la mer — blanche ville en sa grâce —
Et, devant moi, l'éveil mystérieux de l'ombre
— Où j'ai marché depuis des jours sans nombre,
Dont j'ai vêtu mon âme vierge,
Où mon cœur dort.

Il semble que c'est hier que je les ai quittés
Avec leurs rires et l'ivresse de toutes chairs

Et tout l'éveil des dômes et leurs gaîtés
Et toutes les rides argentines des mers...

Parfois, au printemps, quand l'églantier neige
Et que l'on craint de fouler quelque amour
En l'herbe neuve
Et qu'on entend hennir
Des cavales sur la route où court
La poussière avant qu'il pleuve,
Je crois encor les entendre venir
Guettant, entre les branches, leur cortège
Et je m'apprête à tout leur dire, aussi
— Joyeux de tout leur dire, ainsi :
Ma vie et tout le calme de mon âme
Parmi les chênes et l'odeur de la sève
Et les paisibles animaux
Et toute la forêt qui chante et brâme;
Et mon cœur bat et cherche les vieux mots
Que je faisais chanter selon mon rêve,
Je les redis tout bas,
Mais — cherchant dans mon souvenir —
J'ai peur qu'ils ne comprennent pas,
Alors j'ai peur de les voir revenir.

Là, près de l'églantier,
Entre ces derniers chênes
En arceau sur le sentier
Qui tombe, de là-haut, sur l'autre côte
(Si bien qu'on croit, d'ici, qu'il mène au ciel
Et ses clartés prochaines)
C'était Lise la dévote,
Tantôt,
Et Marc le bel;
— Ils se vêtaient de même soie;
On riait tout le jour de leur querelle
Que closait ce baiser guetté des deux
A l'heure de joie;
J'ai trouvé qu'elle était moins belle
Qu'alors et, lui, semblait plus sot
— Qu'importe d'eux?

D'autres fois, au long de l'orée,
C'est Laure qui marche, au bord, dans l'herbe
— Elle aimait cela —
Avec des fleurs en gerbe,
Et toute sa chevelure dorée
De-çà, de-là ;

Sa lèvre était close à toute abeille,
Malgré la gaîté triste d'Euphorion,
Mais telle toujours qu'il s'en émerveille.
Et nous riions
— Et je m'éveille...

Tout est bizarre, depuis longtemps, ici;
On rêve en écoutant les choses
A mainte chose ignorée;
Souvent j'ai ri d'un rêve que j'ai saisi
Ainsi qu'un oiseau pris au rêts,
Et des choses qu'on dit les lèvres closes
Et qu'à soi seul en musant on raconte...

Un jour que je ramassais des châtaignes,
Les lançant. une à une, au sac (car je les compte,
Parlant en moi, avant de le lier)
Ils sont passés en riant près de moi,
Au chemin creux du val,
Des rubans flottants jaunes et roses,
Et deux sur chaque cheval,
Avec des voix si soudaines
Que je pris peur et comme honte

Et je me suis couché dans le hallier,
Coi,
Et tout mon souffle oppressé,
Comme si je volais
Des châtaignes.

Et puis, quand je les appelais,
Ils avaient passé.

FLAVIE.

Je l'ai revue, un soir,
Près de la source où je vais boire au soir
Depuis de longs vieux jours de vie
Menant mes porcs ;
Elle s'est penchée à boire à sa main en coupe ;
Je n'osai lui parler, songeant aux jours d'alors ;
Mais comme je lui dis : Flavie !
Parlant de l'autre vie,
De Marc et Lise et de la troupe,
De ce qu'ils diraient en me voyant là
Avec mes pourceaux et mon vêtement
Et mon épieu pour toutes armes,
Elle me regarda si tristement

Que je sentis de chaudes larmes :
O pauvre cœur, dit-elle et s'en alla.

Souvent, toute une nuit, j'ai songé à cela.

Et quand, là-bas, au crépuscule pâle,
Se fonce l'horizon extrême,
— Comme un fer hors du feu, du rouge au bleu de nuit, —
J'aime,
Fermant les yeux, dire : C'est aujourd'hui !
Tourné vers quelque vieil hier de vie enfuie ;
Mais je n'ai plus un souvenir :
Tout rêve que je fais s'anime et parle
Au point que c'est toujours un avenir
Et que je vais me rappelant
Ce qui aurait dû être
— Moi, plus doux et Flavie,
Moins vaine et moins galant,
Euphorion et Marc, plus homme
Et Lise, telle et Laure, ainsi, peut-être...
Et je les nomme...

POURTANT, j'aurais voulu leur dire,
Que rien n'est triste en l'ombre de mes chênes,
Que tout, hors la forêt, est pire
Que je ne suis pas seul, voyant des yeux,
Parmi les feuilles où bruissent ses traînes,
Flavie, ou qui je veux,
Sans un reproche ;
Et pour avoir posé ma tête emmi les mousses
Et regardé l'azur qui semble proche
Entre les branches roses de jeunes pousses,
— Deux pierres froides à mes poignets de fièvres —
Je puis leur dire, sachant les en griser,
Que toute la douceur de leur baiser
Fleurit et chante ici mieux qu'à leurs lèvres.

Je leur dirai,
Que rien ne pleure, ici,
Et que le vent d'automne, aussi,
Lui qu'on croit triste, est un hymne d'espoir ;
Je leur dirai
Que rien n'est triste ici, matin et soir,
Si non, au loin,
Lorsque Novembre bruit aux branches

Poussant les feuilles au long des sentes blanches
— Elles fuient, il les relance
Jusqu'à ce qu'elles tombent lasses,
Alors il passe et rit —
Que rien n'est triste, ici,
Si non, au loin, sur l'autre côte,
Monotone comme un sonnant la même note,
Le heurt des haches brandi tout un jour,
Pesant et sourd.

J'aurais voulu leur dire
Que toute tristesse est au regard triste
De leurs yeux qui ne savent lire
Ce livre-ci où tout Verbe persiste
Muable et même et tel qu'on peut mourir
En rêve et croire reverdir
Et monter comme un chêne (ainsi qu'on vit
Ces vieillards d'autrefois — comme il est dit —)...
Et celui qui sait lire
Ta page ouverte,
Forêt verte !
Sourit au bout...

Et je voudrais leur dire
Que je ne suis pas un fou.

EURYTHMIE

EURYTHMIE

« Ta main posée est comme un fruit sur cette branche,
Ainsi que d'un fruit clair j'ai soif de ta main blanche ;
La forêt d'ombre fleure et la nuit s'effarouche
Du mois des lis fleuris et des lèvres offertes,
— O sourire posé parmi les feuilles vertes ! —
Reine, j'ai faim d'un baiser de ta bouche...

Car ton souffle effleure et passe
En une aube d'âme adolescente
Tel, que, pour la vie, elle erre jamais lasse
Vers l'espoir du baiser que ta pitié consente,
Hébé de la douleur épanchée en dictame,
Impériale amour des âmes qui vont seules,

O clair voile ourdi d'ombre où rayonne la trame,
Frémissante envergure de cygne,
O toi qui dans les plis de ton voile enlinceules
Le fiancé de joie élu d'un sort insigne... »

« Te voici, comme au soir de ta première extase,
Triste du vin de ma beauté ;
Je t'ai donné tout l'or de l'héritage,
Tout l'or jaloux de la parole,
Et te voici, pleurant vers moi ta pauvreté ;
La vie a coulé comme un fleuve, sept années,
Et tu m'apportes, comme en la parabole,
Les trésors de clartés que je t'avais données
Lourds encor de la terre où tu les enfouis
Pour que tes lâches yeux ne fussent éblouis
Aux rayons du symbole ;
Je t'ai vêtu d'espoir et couronné d'été,
Qui viens traînant vers moi ta nudité,
Tout ton cœur obscurci de doute sensuel ;
Sur l'aigle devant toi brûlait au rituel
Le verbe de ma joie, et tu n'as pas chanté !

Vois : à ta soif tendue, ainsi qu'en une coupe,
J'ai versé tout le vin des aurores mûries;
J'ai fait grandir sur toi, pour qu'à jamais tu pries,
La majesté des voix en susurrante voûte ;
J'ai semé le parvis des jeux de mon sourire,
J'ai sommé les piliers de volutes pamprées
Et tendu d'arc en arc un vol de chœurs léger;
J'ai percé la futaie au treillis ouvragé
Du flamboîment de mes rosaces azurées
D'où tombent vers tes mains les rayons de ma lyre ;

Le temple est tel que tout frisson converge et chante
Vers l'autel où j'ai mis ton âme devant toi,
Et tel, que tout l'amour de la terre vivante
Vibre jusqu'en ta voix pour chanter jusqu'à moi ;

Si sur toi l'ombre lourde épaissit sa ténèbre,
Sanglote vers ailleurs tes peurs excruciées ;
Si le doute, assoiffant tes soifs insatiées,
Emplit ta coupe vide aux leurres de l'opprobre,
Que puis-je encore pour toi ? marche : tu t'es fait libre;
Tourne ailleurs ta plainte qui m'insulte,
Ton seul désir du vœu de mon culte t'allège ;
Sors du temple en deuil d'un sacrilège,

Vers le fantôme que tu rêves suivre
Va, tu es libre : exulte...

Au carrefour du doute,
Choisis ; voici la route :
Prends la haine et l'orgueil en tes mains
— L'Epée et le Bouclier —
Va façonnant tes lendemains
De l'heure dont te voici maître
Et soïs celui que tu veux être ;
Sors vers la bataille rangée,
Tente à l'injure et tue ayant tenté :
L'injure est douce que l'on a vengée
Et le jour ne revaut que ce qu'il a coûté ;
Au soir il fera bon avoir vécu
La vie épique en épopée ;
Va, prends l'orgueil, ton écu,
Et prends la haine, ton épée ;
Sors vers la Vie où la victoire rit
Au vaillant dont le glaive a dissipé le songe ;
Parle haut : on n'écoute qu'un cri ;
Dresse-toi, que ton ombre s'allonge !... »

« O folie évoquée en les gloires !
Des fanfares sonnent au creux val des batailles !
L'orgue en la nuit pleure d'hymnes expiatoires ;
Et le peuple acclame du faîte des murailles
Le vainqueur éventé de l'aile des victoires.

Un matelot chante
Une complainte d'outre-mer ;
Un pâtre se redit le nom du conquérant ;
— Il pleut ; il vente —
Loin, dans le crépuscule clair,
Chevauche au val un chevalier errant.

Des voix se mêlent dans l'ombre
Sans réponse aux lointains des mémoires ;
Le bruit se perd de pas sans nombre
Aux cathédrales des histoires ;
Les grilles du chœur grincent dans l'ombre ;
Le passé ferme ses ailes noires...

Est-ce le rêve de tes gloires ?... »

« Voici ton chemin : chemine
Au gré de la laie. au hasard du sentier,
Laisse ou cueille la flamme à l'églantier
Selon que la brise l'incline ;
Et selon les dires de ceux qui vont
Parle, prie et chante en chemin ;
A d'autres redis ce que d'autres diront ;
Laisse courir ceux-là qui courront
Et tarder ceux qui s'attarderont,
Fais route d'un pas ni lent ni prompt ;
Et Dieu pourvoie au lendemain... »

« Un troupeau retourne en le crépuscule ;
Des voix s'entendent, chères et banales ;
La fumée aux chaumes monte en spirales ;
La paix bénie en la nuit circule ;
— Et robes des fêtes sont robes des deuils ;
L'espoir naïf et la foi crédule —
En la pénombre aux pâleurs vespérales
On chante, au pas des seuils...
Est-ce le chant de tes nuits fatales ?
Est-ce la paix de tes orgueils ?... »

« VIENS par ici, viens,
Hors de l'acte, au loin du rêve ;
Meurs, dès ce soir, ton heure brève ;
Ne projette, ni te souviens ;
— La vie est étrangère et folle,
Future ou présente ou passée —
Etouffe au silence la parole,
Epargne le son de tes pas
Et le bruit vain de ta pensée ;
Ne veuille pas, ne rêve pas ;
Aveugle-toi d'immensité ;
Résorbe au Tout ta vaine vanité
Et tais la joie afin que dorment les douleurs... »

« ÉPARGNE mon âme meurtrie ;
Je sais la douce douleur de ta raillerie ;
Si se tarissait le vieux flot des pleurs
La rose du rire en serait flétrie
—Je n'ai pleuré qu'en l'ombre de mes soirs meilleurs—
La vie est bonne en les douces fleurs,
Mais la vie est sainte en la ronce fleurie
Qu'on cueille aux cueilles de ta prairie ;

Nul appel ne me somme à la bourbe des sentes
Ni vers la poussière des chevauchées ;
Est-il rien en moi que tu ne pressentes,
Reine des plaines infauchées ?
Je n'ai désir que vers tes mains compatissantes
Et que vers l'ombre à tes doux pieds couchée :

Sur mon âme penchée
— Source d'aube où s'effeuilla ton rire —
Tu t'es mirée à jamais,
Si que j'ai gardé sur mon âme
L'ombre de ton sourire, pour jamais,
— Flottante ombre de palme —
Toi qui mêles joie et douleur en ton rire,
Sagesse et folie en ton rire d'aube,
Tu passais en un parfum de myrrhe
Et tout Mai s'effeuillait dans le pli de ta robe :
« Chante à l'écho qui rira la réplique »
— Et tu riais en l'aube —
« Car rien n'est dit qui ne reste à dire. »
— Et tout Mai s'effeuillait dans le pli de ta robe. —

Je t'aimai d'un amour de musique
Au luth enguirlandé de jasmin,

D'un amour de fidèle et de prêtre
Qui s'éperd en cantique
Dès hier jusqu'en demain ;
Et tant je t'ai doucement nommée
Que d'un amour un autre vint à naître,
Que mon amour et toi n'étiez qu'un être
Et la chanson d'amour se fit l'aimée ;
J'ai péché pour t'avoir trop doucement nommée...

Il s'accumule en nos mémoires mornes
Trop de verbeuses vaines chansons mortes :
Nous avons lu la route à trop de bornes,
Demandé le chemin à trop de portes ;
Je veux la rose, ô Reine, dont tu t'ornes,
Je veux le lis, que dans ta main tu portes.

O seule qui réconfortes,
T'ai-je dit la nuit d'épreuve ?
Ou l'aile est lasse et traîne entravant l'ange,
Où l'astre est tombé comme un météore
Vers l'aube étrange,
Où j'ai senti la solitude,
De vivre selon toi dans l'aube sans aurore ?

Ah ! j'eusse aimé ta solitude
Quand ne devrait pâlir ton aube neuve...

Reine, j'ai soif du clair vin de ta certitude !.. »

« Doux, étrangement doux, d'un crépuscule éclos,
Telle l'étoile claire aux branches des saulaies ;
Mélodieusement doux, comme des vallées
Monte, à l'aube idyllique, un rêve de sanglots ;
Doux ainsi que, rumeurs des oublis et des flots,
La nuit s'apaise au loin des mers d'ombres dallées,
Et si doux que se tait le heurt de leurs mêlées
Et que toute âme écoute, assise, et les yeux clos,
— Entends-tu l'hosanna d'hymnes inégalées ?

Eparse en toi sens-tu l'aurore de demain,
Sang de gloire, affluer au cœur qui bat ta vie ?
Tendu vers toi de l'ombre où ton espoir dévie
Sens-tu le pommeau froid d'un glaive dans ta main ?
Le temps sur tous chemins passe comme un fantôme :
Repousse au loin le glaive improbe au pommeau froid
Et vers l'empourprement auroral du dôme
Chante l'hymne d'amour qui pleure au fond de toi ;

Que, sans la redresser, ta taille les domine :
Ta voix simple dira quelque chant inouï,
Car ma certitude sur toi s'incline
Et l'amour de l'amour t'éblouit !

Rien ne prévaut que ma gloire,
Rien n'abrite que l'ombre de mon amour ;
Aux uns la vanteuse victoire,
Aux uns le songe au silence sourd,
Mais au seul que j'aime est dévolu
Le poème de Vie :
Le vainqueur est ton geste et le saint ta pensée ;
Car ma gloire, ainsi que je l'ai voulu,
En rythmes lente ou pressée
Evolue et dévie ;

Au Poème simple,
Ainsi qu'en la forêt à l'aube,
Le rythme circule clair et ample
Comme aux plis de ma robe,
Comme aux circuits de mon onde souple ;

Une voix sonne dès les hiers vers les demains :
Un prêtre parle sur la foule indifférente ;

Une mère sourit la sagesse en mots vains ;
Un messager redit la parole pressée ;
Des soirs aux matins,
Claire ou sourde, jamais muette,
Vibrante, de mains en mains passée
La lyre chante,
De poète en poète
— Hymne en le vent d'espoir vers l'avenir chassée ;

Marches, retours et pauses —
Le chœur des métamorphoses
Trace mes gloires consommées ;
Et c'est le sourire des roses
Et c'est la voix des ramées
Et c'est l'âme des choses,
Que ton âme a bien aimées :

Dans mon verger de Mai — je te l'avais dit —
Dans mon verger de Mai toute rose rit,
Le soleil perle en pleurs aux pétales,
Une branche balance une chanson de nid,
La douceur s'éperd des senteurs matinales ;

Dans mon vallon de Mai tout arum s'étire,
Le soleil s'aveugle au miroir mobile,

Un ruisseau roule un rêve en son rire,
Une araignée en les roseaux file,
Un oiseau se mire ;

Sous ma forêt de Mai fleure tout chèvrefeuille,
Le soleil goutte en or par l'ombre grasse,
Un chevreuil bruit dans les feuilles qu'il cueille,
La brise en la frise des bouleaux passe,
De feuille en feuille ;

Par ma plaine de Mai toute herbe s'argente,
Le soleil y luit comme au jeu des épées,
Une abeille vibre aux muguets de la sente
Des hautes fleurs vers le ru groupées,
La brise en la frise des frênes chante... »

« Reine, ton regard est le monde même
Il n'est qu'une rose incomparée.
La rose d'amour et de tout poème,
La rose que ton regard a créée ;

Il n'est qu'une abeille en l'or du matin,
Il n'est qu'un oiseau sur la branche qui ploie,

Il n'est qu'un seul long rêve enfantin,
O mère, qu'on rêve en ta sainte joie ;

O rayonnement intense et prodigue,
Eclair que tu souris de chose en chose,
Sous le jour joyeux de ta gloire limpide ;
Il n'est qu'une Abeille, un Oiseau, qu'une Rose !

En les lents accords indéfinis
— Harmonique chaîne que tendit l'aube,
Cordes de l'orphique lyre de Vie —
Passe et repasse la chanson des nids
— Trame de joie ourdissant ta robe
De l'Avril en l'Avril, Eurythmie ;

Vêtue en l'éphémère merveille,
Ceinte du chant rayonnant de ta grâce
Que dorent les lis en leur baiser chaste
De poussière ardente,
Sème en pluie au matin tout l'oubli de sa veille
Pour que fleurisse et fleure la Fleur qui Chante.

Quelle aile bat comme un cœur en joie ?
Quel semis de lis au ciel poudroie ?

Quel parfum clair comme un vol s'éploie ?
Reine, en quel rêve m'as-tu paré ? »

Les bruissements de la forêt

Nous avons espéré, nous avons espéré.

Voix lointaines

La ténèbre s'appesantit
D'un poids d'heures incalculé ;
La vie impure en a menti
Et stagne dès l'Eden des sources reculé
Jusque dans l'avenir exaspéré,
— Il n'est plus d'ultime Thulé —

Les bruissements de la forêt

Dès une éternité nous avons espéré.

Voix lointaines

L'homme se voûte d'âge,
Haineux de n'être plus son propre dieu :
Et marche tremblant en son peu de rage,
Et de son peu d'amour se fait un jeu ;
Vain pourtant pour s'être à soi comparé
— L'orgueil est peu —

Les bruissements de la forêt

Dès une éternité nous avons espéré.

Voix plus lointaines

L'ivresse est triste et ricane ;
La vision se voile d'ombre, aussi;
L'Étendard, fleur de gloire,
Sur sa hampe pend et se fane ;
Le Pain, au ciboire lépreux, s'est moisi ;
Le Vin des siècles s'est évaporé
— La nuit est noire —

Les bruissements de la forêt

Dès une éternité nous avons espéré.

AU TOMBEAU D'HÉLÈNE

AU TOMBEAU D'HÉLÈNE

ARGUMENT

Morte !
Entre les saules bleus évanouie;
Au miroir de l'étang par la brise tuée;
N'avais-tu cure de notre escorte
De jeunesse éblouie
Vers Toi seule évertuée?

Toi dont la voix redit les mêmes mots
Qui font chantant l'amour de toute éternité,
Ne dois-tu pas nous dire un jeune secret ?
A nous les fils des fils de tes amants de gloire ?

Nous dire l'ombre aussi, et le rêve (jumeaux
Tisserands d'un voile illuminant ta nudité),
Et nous dire d'un rire un rythme qui serait
Ta démarche de victoire!

Non que nous pleurions, las de l'attente ;
Non que nous blasphémions de tristesse ta joie :
Car nous voici cueillant des scions de tes saules
Pour chercher sur la flûte, en l'herbe qui verdoie,
Le frisson de sa feuille frémissante
D'avoir frôlé d'un baiser tes épaules...

Hélène, nous chanterons ce soir,
Et d'heure en heure, et jusqu'à tes étoiles
Et jusque par delà la nuit, et jusqu'à vivre
Selon ton âme, et jusqu'à voir
Frémir de volupté tes chastes voiles
Dont le secret se livre ;
Hélène, nous chanterons ce soir.

PREMIÈRE CHANSON

Sans doute,
Le chant des pinsons,
De bosquet en bosquet, disait la route
Où nous passions,
De chansons en chansons,
Mes rêves et moi, guidés
Selon l'Heure et l'Age
— Bel attelage ! —
Un double joug enguirlandant leur tête
Et de pourpre violette bridés,
Qui traînaient notre char vers des rumeurs de fête !

Et, de rose en rire
Et de fleurs en femmes,

La route fut pire
Où nous marchâmes
Tenant la lyre,
Mes reves et moi, guidés
Selon la phrase lue aux parchemins ridés
— Qui laissent leur ride aux âmes — ;

Mais d'elles vers toi,
De celles-là vers Toi, la seule,
La route interminable se prolonge
Où la roue est lente et grince comme une meule.
Où le char s'embourbe ou racle à la paroi ;
Et si n'était d'écouter, à l'étape,
Ce que raconte un songe,
De cueillir aux talus ce que d'espoir y croît,
Quelle douleur et quel blasphème et quel mensonge
De marcher vers un but en marche et qui m'échappe !

Un rêve adolescent, de visage si tendre
Que son doux conte semble chanter
— Diseur qu'on fait reprendre, pour l'entendre
Chanter ce qu'il a cru conter —
Disait (ce que sa seule voix laissait comprendre) :

«... Je l'ai vue —
C'était au mail poudreux
Dont les ormes sont gris
Où la terre de soif se gerce
En l'ombre d'Août ;
Et tout reverdit à sa venue
Et la brise chanta dans les ormes surpris
Comme d'une averse ;
Et je sentis la mort en mon cœur heureux ;
Elle vint à moi
— Qui me dirait d'où ?
Et qui sait pourquoi ? —
Sur le mail poudreux...

VOICI quelque autre — rêve jeune et pâle,
Pâle et qui rougissait en parlant,
De voix plus vieille que son visage et mâle,
De rythme lent
Et qui, moins sourde, eût dit la Gloire triomphale — :

« .. Sur le sable de la grève
Où tout pas s'efface sous le vent de mer

Qui roule ses dunes, à grands flots lents,
Vers les villes mortes de l'avenir;
Elle vint à moi comme un flot clair
Qui se brise en rire aux sables mouvants;
Mais j'ai compris que son regard n'œuvrait
Que l'œuvre de souvenir,
Que le mot qu'elle dit n'était plus le vrai;
Car l'heure pousse l'heure, la dune la dune,
Sur villes et cœurs morts en l'avenir —
Au hasard des chemins j'étais l'un, elle l'une... »

Ils parlent, je souris
Ou pleure ou songe
Et reprend le chemin qui vers le soir s'allonge,
Le même qu'hier, moins las, je repris
En fuite du mensonge;

N'est-il pas vrai que tu nous apparais
Sous la parure de celle-ci, de celle-là ?
Ne sont-ils tiens, leurs sourires parés ?
Et tous ces contes-là narrés
A l'étape ?
N'es-tu pas tout cela,

Hélène, aux yeux incomparés
Vers qui va s'allongeant, là-bas,
La route où mon bourdon inlassé frappe
Son rythme alerte
Deux fois moins pressé que mes pas
Sonores sur la route ouverte...
La force de leurs bras ouverts, ne l'es-tu pas ?

Ah ! douleur de ma joie éparse et qui s'étonne :
J'ai peur des souvenirs, des parfums, des musiques
Et des vieilles cités et des vergers d'automne
Et du rire qui passe et de l'heure qui sonne,
Car tout est ignoré, sublime, et sans réplique ;

Ainsi, le soleil vit en son moindre rayon,
Et quelle herbe rêva ses gloires embrasées ?
Et qui devinerait aux larmes des rosées
La vaste mer houlant jusqu'au septentrion ?

Ainsi la plaine immense élargissant nos rêves
Suscite l'Infini pour se perdre au néant,
Ainsi la folle extase avec ses splendeurs brèves
Eblouissent nos yeux jusqu'en l'aveuglement :

J'ai peur de toute joie en son mystère triste,
Même un futile amour émeut de majesté,
Si bien que tout mon cœur se récuse et résiste
Et pleure éperdument vers ton rêve attesté !

Douleur, Hélène, ce soir est doux,
Entre tes saules apparais-nous.

DEUXIÈME CHANSON

« *Cadent a latere tuo mille et decem millia a dextris tuis* »
Ps 90

O grands doux frênes qui souriez,
Nulle âme au bois — dès mainte année —
N'est venu cueillir les lauriers ;
Et nulle âme, dès mainte année,
Prairie, au gué ! ne t'a moissonnée ;
Dès mainte et mainte et mainte année
La Vie à la belle Mort s'est donnée
Dans le jeune baiser du renouveau,
Si que la Parque hésite étonnée,
Avant de couper l'écheveau.

Qui donc doit cueillir les lauriers ?...

Nulle pampre, encore, aux vignobles.
A peine des feuilles aux muriers
(Ah ! tous les désirs nobles
Qui nous souriaient) ;
Les lilas, déjà tristes ! les asphodèles ;
Les jacinthes et la douceur des soirs en elles ;
Les blancs amandiers, parés à la hâte ;
Les pommiers où l'espoir d'automne éclate ;
Les jonquilles, dont voici des gerbes ;
Et le jeune million des herbes
Audacieux et jovial
Comme la foule enfant
Houle au tocsin de prairial :
Enthousiasme, chœur superbe,
Vieil Avenir, refleuri triomphant !

Avril pleurait souriant dans ses pleurs ;
Notre fierté, c'était de vivre
Nous mirant en l'orgueil inconscient des fleurs :
O jeunesse du Monde,
Notre fierté — la tienne ! — était de survivre
Nous, les plus jeunes jets de la souche féconde.

Depuis (ô vanité !) :
Le lourd sommeil des cœurs sous l'aube auréolée
Nous surprit d'un frisson
Et le monde apparut un vaste mausolée
Où gît l'humanité
Grouillante de désirs bas
Sur qui, vaines âmes, nous passons
Avec nos cris d'appel, inutile volée,
De tout là-bas, vers tout là-bas.

Et depuis :
L'année est morte mainte fois,
L'automne, aux bois,
Et, mainte fois, renaquit souriante
En l'avrillée qui rit et pleure
Et chante
Que le Temps est leurre ;

Ceux-ci s'en furent, ceux-là sont morts ;
Nous sûmes la solitude
Subtile en son remords ;
Presque devinions-nous le secret du silence
Où l'âme se dénude
Et surgit hors des paroles sordides

En sa beauté,
Telle une mendiante
Au sculpteur qu'elle guide
En sa sereine nudité.

Mais, un à un,
— Comme les feuilles à l'automne —
Les désirs et les rêves tombaient fanés,
Sans verdure, ni parfum
— Débris de la couronne —
Morts que nulle pitié n'a pardonnés ;
Cependant leur science édifiée
Disait : ceci est faux, cela est vain;
Si bien
Que de la Vie ainsi niée
Rien ne resta hors le désir de vivre mieux,
Rien, que l'espoir que rien ne tue,
Rien, que la haine et le mépris pieux
Rien, que l'aveugle foi qui s'évertue.

Car, vois, Hélène,
Ceux-ci tes prêtres que la honte empourpre,

Ceux-ci qui te voulurent vaine
Selon leur âme d'enfant sénile,
Ceux-ci dont la trop triste orgie usurpe
La tiare de ton culte impérieux,
Leur âme est vile,
Sous les grands cieux !

Hélène, invoquée à genoux,
Entre tes saules apparais-nous !

TROISIÈME CHANSON

> « Mais si un homme, marchant dans la nuit, vient à butter, c'est qu'il n'y a pas de lumière en lui »
>
> JEAN, XI, 10.

Aux chœurs fleuris des cathédrales
S'allongent, comme en ombre, aux dalles,
En lignes sous les pas presque effacées.
Ceux d'autrefois, seigneurs et dames,
Avec des devises tracées ;

Aux chœurs fleuris des cathédrales,
On chante encore
— Encore que tous rêves soient consommés ; —
J'ai regardé vers l'ombre ogivale et sonore

Où, une à une, meurent des flammes,
Comme si, par là-bas, à jamais,
Au bruit du cortège moins sonore,
L'on emportait nos âmes.

Aux chœurs fleuris des cathédrales,
Sous les vitraux de sourires pâles,
On chante encor l'hymne dont mon cœur saigne
D'aimer et de mourir et de ressusciter...
Fût-il un temps où, cherchant qui t'étreigne,
Douleur, apparaissant à l'âme enténébrée,
Tu vins, ouvrant tes bras, comme pour l'abriter,
Et fit qu'elle sourit à sa honte parée
D'un diadème abject dont, encor! son front saigne?

Vexilla Regis... funérailles!
Pour porter l'étendard il n'est plus même un homme :
A peine un front courbé devant l'épouvantail...
Monte dans l'encens bleu vers l'or vert du vitrail,
Verbe majestueux aux profondeurs d'abîme,
Verbe désespéré des échos de Solyme,
Rythmé des voix de Rome,
Reine de la bataille!

Verbe incompris mais tel qu'en ton ombre défaille
Le péché de science aux baisers de la Foi :
Voix où la douleur tendre endort jusqu'à l'effroi,
Voix vaine, et fausse voix, voix morte même en moi...
O funérailles !

AVANT que, lâche, on s'habitue
A sourire de soi devant l'heure accablée,
J'ai regardé dans mon âme troublée :
Quel hymme redirait l'amour qui brûle et tue,
La prière de nuit sur ma lèvre tremblée
Et ma joie exultant, toute de feu vêtue,
Et toute la douleur de son désir comblée...
Sa lassitude qui follement s'évertue
A renié l'effort, un soir, et m'a semblée
Si vaine que j'ouvris mes yeux vers ton bleu voile,
Nuit, que j'ai souri comme un enfant qu'on appelle,
Et que, me retournant de l'aurore éternelle
J'ai prié doucement, Enfance, ton étoile.

La douce fête !
Et le retour, et l'accalmie ;

Ma paix fut de chanter ton rêve
Ame d'enfance, vierge de prière triste ;
Car tout ceci, depuis qu'on chante des poèmes
C'est la voix, en écho, d'un seul instant de Vie
Qui sourd, enfin ! et qui persiste ;
Ma paix fut de chanter ton rêve
Et retourné de l'ombre où tout chemin s'achève
J'ai regardé vers ton étoile évangélique
Disant tout haut les mots que tu rêvas muette,
Enfance, c'était ta voix, cette musique :

Avoir été au parterre de Vie
Une heure passive de joie immesurée,
Cela dont se vêt la terre ;
Avoir vécu l'heure assouvie
Sous la gloire du firmament azuré ;
Avoir été un instant du mystère ;
En le concert de vie émerveillée
Avoir été quelque note envolée,
Et la dire en écho sur la vie affolée...

Dès hier, vois, je marche seul et grave
Selon le nouveau choix de mes espoirs anciens

Qui voudraient vivre, enfin, ressusciter, revivre;
Soir ! enveloppe-nous de ton mystère grave;
J'ai froid à l'âme et faim au cœur et l'esprit ivre
De tout ce qu'on écoute aux croix des grands chemins.

Je marcherai plus sûr du but et de la voie
En l'ombre intuitive où tout chemin s'efface
Et, refermant les yeux, je m'éblouis de joie
A contempler du cœur la splendeur de ta face,

Hélène,
Hélène, à la lèvre sereine,
Hélène, avec tes cheveux roux,
Entre tes saules apparais-nous.

QUATRIÈME CHANSON

« .. Pour nous, c'est un eblouissement d'éclair —
puis une longue obscurité — puis un eclair encore »
R. W. Emerson

Une ombre est fugace aux tournants de la route;
On sourit du verger aux treillis de la haie;
Une pudeur se fond emmi la roseraie;
Quelqu'une chante qui se tait pour qui l'écoute :
Et l'on parle tout bas vers la source qui goutte :
Le jour est souriant de féerique doute,
Et c'est la Vie — ô mon cœur — toute;

Aussi, de crainte d'un leurre,
De crainte, aussi, de manquer la seule heure
On vit (est-ce vivre ?) amoureux et railleur,
Joyeux et triste, d'espoir en désespoir,

Pire et meilleur
— Selon la loi qui fait le matin et le soir,
L'ombre et le jour,
Et l'hiver et le printemps qui verdoie,
La loi de tout amour,
De toute joie.

Ainsi l'on chante sa phrase :

« Bois la coupe d'extase
Et bois le vin amer;
Toute l'amertume de la mer
Est plus douce que ce vin qu'écrase
La nuit fatale en sa foulée;
Car le sel des larmes en est la lie,
Et la honte s'y mire apâlie
Et la mort impure s'en est soûlée...

Ou encore selon l'heure et la chair :

« Bois la coupe d'extase
Et bois le doux vin clair

— Si doux que s'en adoucirait la vaste mer;
Voici le vin qu'écrase
La nuit de joie en son pressoir ;
La larme est douce dans son ombre jaillie
Et la pudeur se pâme défaillie
Et la Vie est ivre d'espoir... »

QUELQUE autre soir, on chante en soi :

« Ecoute en l'ombre auprès de toi :
Un sanglot meurt et tout est coi;
Quel rêve es-tu venu tuer?
Prends donc et bois le poison triste
Sans qu'un remords en toi résiste
Sans qu'un regret en toi persiste,
Quel rêve es-tu venu tuer?... »

Puis, redoublent les rimes jusqu'à s'en griser :

« Ecoute en l'ombre auprès de toi :
Un rire éclate qu'un baiser boit;
Quel rêve va s'éterniser?
Prends donc et boit le vin de joie,

Pour que l'orgueil s'affirme et croie
Pour que l'espoir sur toi s'éploie
Quel rêve va s'éterniser?... »

AINSI je chante et vis et vivrai jusqu'au soir,
O belle Hélène en tes saules cachée,
Triste et joyeux de la même pensée,
En l'incrédule attente de te voir;
Notre chanson est insensée,
Hélène, et nos vieux cœurs sont fous,
Toi, seule déesse encensée,
Entre tes saules, écoute-nous, penchée,
Hélène, Hélène, apparais-nous.

CINQUIÈME CHANSON

Voici ma pensée :
Si la flèche
Que mon arc lance aux étoiles
Retombe et blesse
Ma main qui l'a lancée
Vers les étoiles ;
Et si le cri d'opprobre
Que je jette à l'écho des bois
— Bavard ou de réponse sobre
Selon ma voix —
Se retourne comme une insulte
Qui brûle mon cœur en moi ;
Ainsi tout vieux rêve vers toi,
Tout vieil émoi

(Qu'un nouveau rire, croit-il, achève)
Surgit encore comme un tumulte,
Hélène,
Et tout vieux rêve
Me pèse jour et nuit en honte vaine
Comme un remords :
Tel l'espoir d'une aube qui jamais ne se lève,
Tel que mon jour est las de porter mes jours morts !

J'ai poussé ma chasse au cœur de la forêt,
Pourtant ;
Nulle ride à l'étang où Diane fut surprise ;
Et j'ai cherché, pourtant, la dryade promise
Au cœur des chênes vieux comme la voix chanteuse
De celui dont le nom de sa gloire est lauré ;
Nulle nymphe aux détours des taillis égarée
Par le chemin désert que j'ai fait vers l'orée,
Après ma chasse hònteuse ;

Mais toujours ton désir et ton ombre aux fougères,
Et la voix en les voix, chuchoteuses, légères,
Toujours un gai désir de verdure vêtu,
Comme au matin d'avril où j'ai brisé mes traits

Sachant (tu me l'as dit en un clair baiser frais)
Que c'est toi que pleurait le doux cerf abattu...

LE chemin que j'ai fait à travers bois,
Par les taillis, sous les futaies,
M'a mené vers ta prée
Et les chansons portées
Sur le vent de vesprée
Résonnaient jusqu'au bois;
Comme ceux-ci j'ai chanté ton los
Voyant qu'ils te priaient sous la lente nuit claire,
Hélène,
Ecoute, en tes saules et tes flots,
O belle souveraine.
Par moi le son du cor aux vallons traîne
Si doux que la forêt est pleine de sanglots,
Par moi le son du cor aux vallons traîne
De frêne en chêne
Et des charmes aux bouleaux.

CES hommes que je ne connais de visage
Donnaient leurs voix à ma pensée:

Et si je l'ai redite en mon langage
C'est qu'ils ne savaient toute ma pensée :
Ils ne savaient comment les sentes matinales,
Par les fougères ou sur le feutre des pins,
Mènent — comme la route aux ornières égales
Ou le sentier tracé par des pas de traverse,
Comme tous les chemins —
Vers ta prée où la joie en mille flores perce
Le vieux sol de la mort des printemps d'autrefois;

Mais voici qu'avec eux je dis, en ces mots doux
De leurs chansons portées
Sur le vent de vesprée
De la prée
Jusqu'au bois,
De parfums escortées :
Hélène, viens, ce soir est doux,
Entre les saules, apparais-nous

DERNIÈRE CHANSON

« *Incerta et occulta sapientiæ tuæ manifestati mihi* »
Ps 51

O nuit épanouie !
Les bras ouverts vers ton baiser qui déifie
J'ai pleuré d'être seul à t'aimer en silence ;

O nuit ! mon âme tremble ;
Qu'il vienne une âme et nous prierons ensemble ;
On pleure d'être seul à t'aimer en silence...

Voilà pourquoi, des jours, des mois et des années,
J'ai marché en chantant dans les foules, menées
Par tout le pauvre leurre impur des désirs vils,
Mendiant quelque écho pour mes rêves d'avril.

Voilà pourquoi, parmi les babils du printemps,
Guettant les cœurs nouveaux et les jeunes moments,
J'ai dit, ainsi que d'autres, qu'il est doux
De vivre et de prier l'Amour aux cheveux roux
Dont l'auréole est comme une chair rayonnée;
Voilà pourquoi j'ai dit, en l'heure tôt sonnée,
La douceur d'aller deux par un verger d'enfance ;
Pour sentir battre en moi les cœurs de ceux qui s'aiment
Et pour que vive en eux un peu de mes poèmes ;
Car on pleure, ainsi seul à t'aimer en silence.

Mais tu sais que je sais toute parole vaine,
Que ton silence est la seule voix surhumaine
Et la seule clarté, ta ténèbre étoilée
Où l'on entend passer les anges, par volées...

Viens, chère, toi la gaieté de tous sourires,
Toi, la douce justice de Vie,
Toi, panacée,
Toi, rayon ou reflet de toute la Pensée,
Ombre du jeune Amour — le suivant, ou suivie —
Les choses que l'on dit sont futiles, ou pires ;

Toi, tu sais le Secret, interdit même aux lyres :
La nuit est sur nous en sa joie ineffable;
Nos baisers et l'écho des poèmes — la gloire !...
— La gloire, où nul n'atteint — ne valent la victoire
De dominer son rêve et le taire à jamais...
Hélène, ô l'Evoquée en rythmes innommés,
D'entre les saules gris apparais, Reine fière,
Car voici que se fait muette la Prière.

RF

HÉLÈNE

Me voici :
J'étais là dès hier, et dès sa veille,
Ailleurs, ici ;
Toute chair a paré, un soir, mon âme vieille
Comme l'éternité du désir que tu vêts.
La nuit est claire au firmament...
Regarde avec tes yeux levés :
Voici — comme un tissu de pâle feu fatal
Qui fait épanouir la fleur pour la flétrir —
Mon voile, où transparaît tout assouvissement,
Qui t'appelle à la vie et qui t'en fait mourir.
La nuit est claire au firmament vital...

Mes mythes, tu les sais :
Je suis fille du Cygne,
Je suis la lune dont s'exubèrent les mers
Qui montent, tombent, se soulèvent ;
Et c'est le flot de Vie exultante et prostrée,
Le flot des rêves,
Le flot des chairs,
Le flux et le reflux de la vaste marée.

Mon doute — on dit l'Espoir — fait l'action insigne :
Je suis reine de Sparte et celle-là de Troie,
Par moi la douloureuse existence guerroie,
Je meus toute inertie aux leurres de ma joie,
Hélène, Sélênê. flottant de phase en phase,
Je suis l'inaccédée et la tierce Hypostase
Et si je rejetais, désir qui m'y convies,
Mon voile qui promet et refuse l'extase,
Ma nudité de feu resorberait les Vies...

FIN

ENVOI

9.

ENVOI

Tout le leurre de Vie est en tes mains prodigues,
Tout mon pauvre trésor est pâle sous tes pas ;
Mais l'Heure est immobile et l'Art est sans fatigue
Si je lève mes yeux vers tes chers yeux lilas ;

L'ombre qui te devance ou te suit selon l'heure,
Est si frêle à tes pieds qu'on ne songe, à la voir,
Que sans toi, douce joie, et sans moi qu'elle effleure,
Elle s'en ira par delà ton dernier soir ;

La matinée est douce, et Te voici ; regarde,
Prends l'Heure en tes doux yeux pour me la rayonner
— Sait-on quelle strophe grave la mémoire garde ?
Et sait-on l'heure à qui la mort peut pardonner ?

TABLE

RF

ACHEVÉ D'IMPRIMER A ÉVREUX,

LE CINQ JANVIER MIL HUIT CENT QUATRE-VINGT-DOUZE

PAR CHARLES HÉRISSEY

POUR LÉON VANIER, ÉDITEUR A PARIS

www.ingramcontent.com/pod-product-compliance
Ingram Content Group UK Ltd.
Pitfield, Milton Keynes, MK11 3LW, UK
UKHW021110200726
13857UKWH00003B/1171

9 782013 033367

LE NON-RESTRAINT

897